いま二センチ

永田紅
歌集

砂子屋書房

＊目次

I（二〇一二年一月‐二〇一三年八月）

Ⅲ（二〇一四年八月－二〇一五年一二月）

装本・倉本　修

歌集　いま二センチ

I

ひ、ふ、み

網戸にはときおり欅の影ゆれて目詰まりしやすい光があった

蝶一頭二頭とかぞえしこともなくそんなふうだった会うまでの日は

眩しさに耳塞がれているような昼下がりひ、　ふ、　み、　蝶がゆく

からんからんすっからかんに音はなし陽射しの中に曇があるだけ

石鹸のすすぎ残しのあるような二十代ときに白く染み出す

感情は水溶性か秋の日の川原にあればさらさらとして

年月に無限希釈をされながら負の感情は色をうしなう

水道を流しっぱなしの音ひびく研究室《ラボ》の夜更けは海につながる

中途半端な

我眠るゆえに我ある冬の日に大きな鳥のいくたびも飛ぶ

前世は布団だったと嘯けば一回ころがし引き剝がされぬ

逆光のエノコログサのくさはらに昔のしっぽがまぎれていそう

なんとなく中途半端な年齢になりゆくときにあなたが頼り

冬の日の中州はあらわ　まだいつも守られながら戦っている

贅沢はもういいなあとそれほどの贅沢も知らぬわれは呟く

カルテから厚みは失せぬ打つ文字のどれだけ病みても静かな画面

返し忘れし「呼び出し受信機」鳴り出だす聖護院通り漬物屋前

余　白

申請書書けば繋がる何年かアケボノスギの透き通りたり

業績の欄の余白にカーソルを下げる　過ぎたる時間は矩形

論文の図を揃えたる夕まぐれ山の端の大き月におどろく

有機溶媒のにおい廊下に漂えり麻酔をかけられ死にゆくネズミ

サンプルを液体窒素に投げ込めばてんぷら揚がる音して浮きぬ

教え子が声かけてきぬ学会の会場トイレの鏡の前で

九十八点取りたる彼女の顔と名は覚えていたりいま院生と言う

そばかすの語源と知りて蕎麦殻の枕を手すりに伸ばして干せり

いろいろの中に

中学以来の友人の突然の死

斎場に名前を見つけああほんとだったと細き列に加わる

久しぶり、言い合う同級生たちの声ほそぼそとそして俯きにけり

私は仲がよかったのだけれどもう十年会わざりしままのこの冬の椿

会わぬ間にいろいろいろなことありにけむそのいろいろの中に逝きたり

踊ったり歌ったりふたり宝塚や塾へ通いぬあれが少女期

気取らざる母親同士も気が合いぬあっけらかんと大声で笑いて

アスファルトに油の虹の輪はにじみ日々に紛れしことの思わる

梅の木

我が植えし梅の木なれど我よりも先に老いたるごとく立ちおり

重ねれば重ねるほどに白くなる光は春に体積をもつ

いくたびのこれからの春そのなかに君と見上ぐる幾万の梅

（賀茂曲水宴二首）

手遊びに五つの円を描きたれば梅のかたちとなりて華やぐ

よくあんな大きな声で話せるなあ市バスは春の川を越えゆく

吊り革の揺らぎに周りの人たちは聞くともなく聞く孫子《まごこ》のはなし

歌の前庭

駒場にはベツレヘムの星咲く頃かあの研究室《ラボ》内でも結婚がある

透明なラボの空気に見ていたり修士のころの彼らの日々を

かりそめのごとく在籍せし四年廊下の端にマウス部屋ありき

スリッパを履き替えドアを三つ開けまるく眠れるネズミ選びぬ

個人的統計的に不吉なるオリンピックの年嫌いなり

木の高きところが揺れているときにその長身に気づけるごとし

さわさわと街路のポプラ揺れやまず離れし距離は時間より平凡

母の歌の前庭にわれら日を浴びてまだ本当のさびしさを知らず

怖いのは最後のひとりに残ることカタバミ摘んでも摘んでも話せず

浴室のタイルの目地に朝日射せばぼうっと黴殖えいたり　ごめんね

我の目のとどかぬ日々のこまごまに不在は殖えて育ちゆくなり

去りがたく椿は思う束の間のこの世の藪のひんやりとして

ひとりくらい増えていたって藪椿気づかないだろこの世のことは

赤緑《せきりよく》の色の境のしずけさに夕陽がのびて照りいるばかり

踊り場のカーテンを母が開くる音に目覚めし朝がこの家にありき

声だけはまだ居るように無垢材の家の木目が気配をまもる

オーストリア、インスブルック

アルプスの二年に一度のミーティング熊のマークの四つ星ホテル

ポスターのみの今年の発表気楽なりA0《ゼロ》用紙の皺をのばして

病状の重くなってゆく母に、何を買おうかと思案していたのは二年前

前回は母への土産を思いつつマリア・テレジア通りを歩きぬ

竹箒の撥ねのリズムに椋の葉を左右に掃き分け道を作れり

石と石合わさるところ溝ほそく小石も椋の葉も掃き出しぬ

日常も旅も大切　バルビゾンの庭に桜草見ていし母よ

フランスで歩き疲れて夕暮れはアヒル歩きとかの日の母は

字幕

聞くよりも先に字幕を見ることに慣れゆくわれら肉声を忘れ

聞き逃せばそれだけのこと夕暮れに多くの字幕は要らないだろう

自販機の内側ときにひらかれて通りすがりに覗くことあり

助手席の人が犬抱き降りるまでを待ちたり動物病院の前

くるまれし中型犬の耳が見ゆ柴犬ならむ色やわらかし

エバネッセント場《ば》

界面にしみ出るひかり暮れ易くエバネッセント・フィールドと呼ぶ

全反射のむこうに薄く暮れ残る光がありて花野となれり

見たいのは黒い画面に唐突に泳ぎはじめる光の粒々

意志もちて動きいるにはあらざれど田んぼの蝌蚪《かと》のごとく数えぬ

ピントとかＳＮ比とか言いながらハンドル回す右手左手

頸長くいくつの光路を体内に蔵して重き顕微鏡かな

六月は無口な月だ木の影を映せる窓があればなおさら

天窓

種播いてほうっておけば揺れていたそんな穂草のような猫なり

この猫は末っ子のように家に居て椋の木の下でおかえりと言う

頼むから徹夜はやめよと言う君にうんと言いしがまた朝となる

男子校出身なれば同級生男ばかりでまた酔って帰る

あなたには不思議にバリアがないのだな猫が逃げずに四肢を伸べいる

こんなにも喧嘩しなくてよいのかと寝ている鼻をつまんでみたり

水泳に通い始めし君のため大きなタオルを乾かして待つ

猫みたいに呼べば大きな猫のようポケットに手を入れて振り向く

ねえどこか旅行しようと言う君にうん、と言い日は過ぎてゆくのみ

歳の差を考慮に入れて人生を設計すればあとがさびしい

天窓ゆひかり挿し入り踊り場の妙に明るくなるこの時間

三回忌

蟬時雨いま母あらば叱られむ私《わたくし》のこの甘やかされぶり

父夫兄《ちちおっとあに》みなやさし夏が来て十二日が来て二年となりぬ

甘ったれているうち二年過ぎにけりそろそろ本気出さねばアラフォー

上澄みを生きているのはつまらないアメンボ飛び出すときの脚力

早　寝

本の背に指かけ斜めに引きだせば子規も斜めに後頭部見す

雨の日の早寝はなにかさびしいと靴下を脱ぎ踵そろえる

怖い夢はいまだに追いかけられる夢家族そろって逃げるは大変

急ぎつつ母を庇いていたりけりひどく足場の悪い坂道

猫一匹はぐれしところで目覚めたりはぐれし猫は黒白なりき

畦道に後ろ姿でありしかど日傘をまわしていたのは私

くしゃみしてそれまで食べていたことを忘れた猫のおばあさんなり

どの猫もクーラーの部屋嫌いなり廊下の端で平たく眠る

言葉だけで

言葉だけで遠くへ行こうとする人の若さと思うヒマラヤシーダ

動詞から名詞に変えて簡潔な一文と成すごとくくしゃみす

我が家には〝上京区民誇りの木〟大銀杏あり対岸より見ゆ

甥っ子に背を越されたる叔母さんは叔母さんなりの感慨に満ち

おもろくて人懐っこい櫂なれど多忙でなかなか遊んでもらえず

こないだのことよと言えばこないだは十年昔となりて離《か》れゆく

目の端に

何年も花置かれたる交差点　途絶えしのちも伏し目がちに過ぐ

直視せず目の端にのみ見ていたり手すりに低く括られたるを

空間が感情をもつ場所があり過ぐるときそはなにとなく濃し

花運ぶ時間の嵩はその事故を知らぬ私の中にも積もる

時をかけ粉になるのが悲しみか朝無防備に吸い込めばむせる

Mesopotamia

曼殊沙華白きにやはり覇気がなし初めから試合投げてるような

犬猫はむくむく太っていてほしいあたたかそうに輪郭けぶらせ

洗うとき試験管の底抜けたるを泡の中よりつまみ上げたり

十一時過ぎともなれば弁当屋パラソルひろげる農学部前

生者には足らざる時間ヒナギクの日向に咲けば死後より借りたし

メソポタミア〝川の間〟の謂なれば果てあることのやすらぎに似て

とろろ食べ痒くなりたる口のまま午後のプログレスレポート《進捗報告》長し

描いたような木が落葉し描いたような枝となりたりメタセコイアは

褒め上手

椿、昆布、馬油シャンプー並びたる統一感のなさが生活

伴侶を失った男性は、七年ほどで亡くなることが多いという
七年と言いてその気になりている父嫌いなり庭の葉を掃き

無理し過ぎる人の傍らにいることの母のしんどさを引き継いでいる

褒めらるることの減りたる私たちなんてったたって褒め上手だったから

こんなとき母ならいかに父親を元気づけたるものかと思う

もう言葉だけで

天窓に植物性の夏ののち動物性の冬は来たれり

窓枠の白き羽毛は吹かれつつ蔦の時間にまぎれてゆけり

山奥にポニーが住むと聞きたれば行きたり　ずんぐり茶色の小馬

お馬ちゃんおいでと呼べば寄り来しがほどなく飽きて行ってしまえり

エレベーターの降下時間を見計らい窓辺に寄りて君に手を振る

君が居てでもまだ君を待たせたる心地がつづく韮の咲く日々

君ゆえにあたたまる日々灌木の葉っぱのように流れ着きしが

腕の輪にうしろから腕差し入れて雪になるのだろうかと見上ぐ

もう言葉だけで遠くへ行くことを張り合わずとも体温はある

ミドルネーム

来るときは来る　冬の日の午過ぎに論文受理のメールは届く

ようやくに五年がかりの論文が受理されにけりメール開けば

論文を出すはハーケン打つごとしまたしばらくは息がつけるよ

この五年いろいろなことありしかど門扉はいつも灯りていたり

論文の小舟を乗り継ぎながら往く研究生活十六年目

この赤く見えたる点が出来たての善玉コレステロールなりと説きたり

しばらくはこのPNAS《プロナス》に食べさせてもらうのだなとゲラ刷りを見る

ゲラとうは幾たび見ても間違いが見つかる　m《ミリ》をμ《マイクロ》に直す

Koh O. Nagata ミドルネームにOを入れ君に見せたり　いいねえと言う

ビーフシチュー

一月も二月も川は無口にて鳥に背中を貸しているよう

隣家の屋根わたりゆくわが猫の仕事の量をわたしは知らず

オス猫は心配ばかりさせるからもうやだようと写真に言えり

似ていると言われ似ている私が鍋を覗いている夕まぐれ

寸胴の鍋には鍋の誇りありずっしり光りて人参を煮る

私の監修のもと父の初ビーフシチューは出来上がりたり

セロリーもトマトも隠し味として溶けてゆくなり二月の大鍋

いま二センチ

安静に安静に過ごししひと月の冬の真中にあたたかき庭

新しき時間の軸が吾のなかに生れ週数を刻みはじめつ

親指と人差し指のあいだにて「いま二センチ」の空気を挟む

個体発生は系統発生を繰り返す　タツノオトシゴ経て来し我も

報告はどこへ向かってすればいいそばにいるよと人は言うけど

もう船を出す必要もなくなった老いた漁師のように猫居る

お母さん生きてればなあという思いそれぞれもちて箒を使う

張り切っただろうかそれでもまだ私が母を庇って過ごしたろうか

実験を止《と》めて破棄する細胞はヒト胎児腎臓由来なれども

唇と瞼の出来る時期という閉かるるためまずは閉じたり

母あらば胡瓜とワカメの酢の物をガラスの器に作りてくれむ

優しくとも夫と父には作れざる酢の物という難解なもの

この子には祖父母の三人すでになし白黒写真のごと遠からむ

たった一人のお祖父ちゃんとなる我が父がお爺ちゃんらしく眼鏡ずらしぬ

いつもいつも仕事している祖父ならむ祖母は空色の着物のままで

遠くまた一から君は父親を始めくるるか夏の終わりに

君のいる間は我も大丈夫　安心は藁の色を束ねて

横向きに鏡に映す　身籠りし女たれもが見つめし形

眠れ

尻尾はもうないのだろう　結露せる部屋より楡の木を眺めおり

十一週に入りし雨水　湯湯婆に湯を注ぎつつ西瓜食べたし

葉酸を飲みて黄色くなれる尿確かむるということもなく見る

本能は遠くて古いところから眠れ眠れと鳥のゆく空

二週間の安静指示に診断書つけて総務へ提出したり

ベルばらの公演あきらめ寝ておりぬまた東京公演《とうきょう》があるからいいよ

梅干をぽちゃんと落としほぐしゆく湯のなかぬくい過去のようなり

水路張り巡らし町を作るごと胸に血管目立ちはじめぬ

安静の合間にプレゼンいくつかをこなして次のポストを得たり

もう声が聞こえているという日々のためにうろ覚えの「冬の旅」

高き声に甘く呼ばるる猫の名を自分のことと思いておらむ

ほこほこと過ごして時に不安になり沈丁花咲き桜が咲きぬ

西瓜たべたい西瓜たべたいと我が言えば夫は探しにゆけりデパ地下

エミール・クラウス

薄羽根の半透明の言葉ほど始末に悪いものはないのだ

魚が好き過ぎる故か

水族館へ行けば気分の悪くなる兄もつことも物語めく

鶯の声さやかなり身籠りし身は覚めやすき春の曙

（賀茂曲水宴）

和研薬の絶滅危惧種カレンダー一日一種の名前過ぎゆく

ハワイモンクアザラシの今日　海鳴りをいつから聞いていないだろうか

ももいろの耳つきフードの子供服パタパタと干すそんな日が来る

暗室のカーテン閉めて顕微鏡のぞきいるとき君は蹴りたり

ぐるぐるとどちらを向きているならむお母さんは今お仕事中です

午前二時三時に実験　褒められたものではないがあと少しの日々

陽の中にエミール・クラウス描きたる花、蕾、葉の輪郭の白

眩しさは古びぬように切なさに紛れぬように立葵咲く

貝ボタン

これは足これは頭の丸さかな出っ張るたびに骨の確かさ

4Dを撮るたび顔を隠しいる耳だけまるくこちらに開く

一〇〇〇グラムは現実味のある重さなりタチアオイ咲き夏に近づく

独り占めしたくて産んでしまうのがもったいなかったと言いし人あり

うす紅の今年の梅を四袋　今年のこの子の梅酒をつくる

動いてる寝てると君に教えつつ夏には夏の野菜を食べる

夫、父、不在の日には学食で食事を済ませ長くある夜

産休が三週間後に迫るころ次々データが出始めにけり

百日紅　我が見つけし面白きテーマも人に譲らねばならぬ

栴檀の枝に透けいる夏の空長く一緒に過ごせますよう

いとこたち櫂玲陽颯のお下がりよ十数年が畳まれてあり

大きいお兄ちゃんお姉ちゃんばかり　やや遅く生まるる子には会えぬ人あり

洗濯機なんども回す　ほの白くそのような日々の中に入りゆく

天気さえ良ければ洗濯たのしくて布のオムツにこだわるあなた

貝ボタンしずかに反りて生まれくる子どもの二十の爪を思えり

屈むのがしんどくなれば落としたるペン足指でつまみ上げたり

眠りつつ身体は向から産み月へ晩夏の川に中州も太る

柳とは馬繋ぐのに良き木らしそのような訳で出町柳は

鯖街道歩きし人も馬たちも柳の枝を目指し来たりぬ

アザミはthistle《シスル》あざみホテルに泊まりしを君と川原に思い出しおり

Thistle Hotelよりまだ案内のe-mail届くゆえイギリスと細く繋がる

II

アコーディオンカーテン

産声は〇三時〇二分にアコーディオンカーテンの向こうの君にも届く

我が胸に乗せられしのち洗われぬ蛍光灯のこの世はまぶし

助けなく産む犬猫もシマウマも昔の人も偉いと思えり

顔を見る余裕もなくて声と手が頼りなりけり君の傍に

蟬はどこで鳴いていたのか薄明に母とその母が聞きしとう蟬

朝までの浅き眠りに夢を見きしんとあたたかく落ち着きながら

産む前夜大き蜻蛉が部屋に来て壁にしばらくありしを言えり

病院に兄持ちくれし無花果の皮剝けば白き粒の乳湧く

猫よりも軽き体に乳飲ます右吸わるれば左より垂る

マタニティマークを夏の鞄よりはずして生後の時間始まる

あ音の明るさ

病院を出でくれば秋　人なかに親子三人となりて入りゆく

抱きしむるにはまだ細く柔き子は長肌着の袖を嚙みはじめたり

君とふたり名づけて呼べばそのものになりゆくわが子　あ音の明るさ

どうしたのどうして泣くの日の暮れは栴檀の木もよろよろとして

川沿いに住めば夕暮れリズムなきトランペットの音は聞こゆる

涙もろき産後の日なり　壁に陽が差して翳りて鳶《とんび》は鳴きて

わが母に六十歳《ろくじゅう》過ぎまでその母のありたることを幸いとして

私には三十五歳《さんじゅうご》までの母なりき無花果剝けば滲みくる乳

ましずかに障子の矩形見ていたるみどりごは白き光を知りぬ

柔らかきバスタオル一枚掛けられし形のままに子は眠りたり

東京と京都を往き来する君の疲れをＪＡＬとのぞみが運ぶ

建て替うる前の間取りがふいに見ゆ食器の棚にガラス光りて

風吹けば柳の枝は陽のなかに白髪となり時を揺らしぬ

灯《ほ》あかりをめざして帰る日もあらむこの子に家はまさにここだけ

ひととおり泣きて疲れて諦むることを覚えて子は寝入りたり

西松屋、Medela《メデラ》、Combi《コンビ》、Aprica《アップリカ》子をもちてのち知る会社名

ムーニーはパンパースより柔らかくメリーズより可愛くグーンより安し

子を産みて見えくることの多きかなファミレスとうは有難き場所

秋の日の市バスに乗りて揺れおれば妊娠期すでに懐かしき日々

ミドリムシ

綿ぼこり大事に一日《ひとひ》握りしめ汗ばみし掌《て》を湯のなかにひらく

重心を分かちてのちも水紋が交わるようにひびきあいたり

豆餅のふたばの列に並びつつ君が抱くとき子は小さく見ゆ

夕暮れな、と耳は聞きたり淡水にユーグレナ小さきミドリムシたち

赤ちゃんの靴下を履かせいる我は三年前の夏を思いぬ

現象と存在

気をつけて　これから何度言うのだろう下駄箱の上の柚子匂いたり

生《あ》れいでて名前をもてば後戻り出来ざる子ども　指あそびせり

稼がねばならぬこれから　リュック背負い両手をあけておく心地にて

十年後などと思えば足元が風草のごとかなしくなりぬ

寂しさを先取りすまい大鍋にマギーブイヨン三つ剝き入る

形なき水が涙となるまでに視界を揺るるキバナコスモス

乳母車見れば思ほゆ白黒の戦艦ポチョムキンの階段

冬枯れの欅が空を縁取りぬかぎ編みは所どころほつれて

感情の原型として泣ける子をくるみて頭撫でてぬくとし

かつて聞きし言葉が魚のごとくよぎる「男は現象、女は存在」

多田富雄『生命の意味論』

法 案 が

特定秘密保護法

〟法案〟が〟法〟と成りゆく晩秋を新生児抱きて新聞を読みき

デモへゆく気持ちはあれど子の首のまだ据わらねば部屋にありたり

法案が一線を越え法となる　この国は桃のように傷つく

あっという間のことだったのよと言うだろう何年か先の子どもの前で

思うべし戦後がいつか戦前となり得ることのひとつながりを

ねじれとは健全なりけり揺りもどる余地なきことの冷え冷えとして

二院あることもせんなし晩秋が初冬と行き合うころの糠雨

慣らされてゆく我々か綿虫がまた手ごたえのなきままに飛ぶ

声を上げ続けるための体力と気力のための書物を積めり

この人は旧仮名なりしかと気づくほどのかそけさに今日雪が降り初む

フラミンゴミルク

お母さんですよと言えばお母さんになりゆくわれか腕まくりして

耳つけてしっぽつけたら可愛かろうあたまとお尻の丸さを撫でる

フラミンゴもミルク飲むって知っていた？　雑学は誰かに言いたくて

なあんにも

数か月ピペットマンを持たぬ掌《て》にときどき握る形をさせぬ

実験の電話ときおり掛かり来ぬ（大丈夫、まだ鈍ってはいない）

家にずっといると気鬱になるからね厚着をさせて川原に出たり

このころのことなあんにも覚えてはいないんだよなと夫はつぶやく

一年にひとつずつしか大きくはなれぬ子どもと鴨を見ており

映りいるカメラマンたちその中に君も位置占めニコンかまえる

煮くずれたスープは殊に温かい　継ぎ足す野菜のごとくに日々は

高校のときのセーターいまだ着て猫の柄ごと子どもを抱く

一画目

川の字の一画目なるわたくしのはらいの脚が布団より出る

通勤の電車に着ぶくれ本を読むことのなければ真冬も浅し

家出せし息子がふらりと寄るごとく甦りくる言の葉ひとつ

言い過ぎし言葉　塩酸数滴で越えてしまいしpHのごとし

下草をあなたのために刈らずおくそんな心に待ちいたりけり

失うものばかりを思い真昼かな食パンのみみ焼かずにかじる

細切れの時間

三月で去る人たちに会いにゆく　研究室《ラボ》の三月を幾度も見たり

試薬ビン洗いてラベルを剝がすとき剝がしきれない時間が粘る

八か月実験をしていない手に子を抱き研究室《ラボ》へ見せにゆく午後

見せにいく場に何年も子を待てる人いることも黄花水仙

順番に学生さんに抱かれたり酢酸くさきラボの廊下に

もうすでに見せなくなりし懐かしき表情のこと君と話せり

産みたらば不安は薄くなるものと思いいたれど草揺れやまず

菜の花は色か光か、川の辺は風か湿度か　ともかくも春

水紋の光の下に鮠の群れ　顔上げぬ人を三度まで呼ぶ

細切れの時間のなかにものを書く干し草あつめて丸めるように

この家の昼間をひとり過ごしたる母思いたり今ごろになって

梅の木をくぐってだれか来ないかな二階の窓から眺めていたり

窓、そうか蔦が睫毛のように揺れ伏し目がちなる家だったのだ

タソガレーナちゃん

泣き声は黄昏色に拡がりぬ玉ネギ炒める匂いのなかを

日の暮れは子供も不安になるものかタソガレーナちゃんと呼びて抱き上ぐ

我に似たぼんやり眉の子どもなり人なかに見て懐かしきかな

なかなかに薄くはならぬ身体かな　スズラン今年も買い損ねたり

黒子から生えている毛の描写のみ記憶に残る小説のあり

死の映る場面が本能的に嫌　チャンネル変えてお茶を淹れたり

いつまでもおそるおそるが続くだろう一人目なれば放り出せずに

綿１００％のうさぎの耳を齧りおり静かになれるを見に行きたれば

もういない人にも似ているはずの子が寝起きほのぼのくるまれており

うんち出た出ないで一喜一憂すそんな日だったと思うのだろう

大根を選ばむとして手を伸ばし俯くときに乳がにおえり

乳くさき子と乳くさき我は見る日射しのなかの鳩の食欲

玉子四つ

ひとごえが何だか面白そうだから眠くて寝まいと頑張る子ども

夢の中にても子どもを風呂に入れ耳濡れぬよう気を配りいつ

冬枯れも似合うムクノキ　大切にされていたこと覚えておいて

洗濯が終われば干して取り込みて昼間の時間はあるようでない

見失うことと失うことの差を麦畑にて思いていたり

この部屋に来れば注射を打たるるを子は学習し泣き始めたり

赤ちゃん！と寄り来る人はほぼ女性中高年の丸みを帯びて

強すぎる炭酸の気をぬく時間たっぷりありて君を待ちおり

週末に君が戻りてくるときに合わせて玉子四つを買いぬ

着ぶくれてあなたを待てるこの冬の陽射しをしきりに思う日あらむ

女手が欲しいなどと君に訴えぬこんなによくしてくれている君に

女手という賑わいのありにけり母の実家の大晦日には

女手が湯気をたたせておばあちゃんちはなぜだかいつも昭和であった

鯨尺の竹物差しのありし部屋チャンバラごっこの始まるところ

庭先に鈍く光りて祖母の家に大き盥がいくつもありき

モロー反射

ゆく日々にモロー反射も消えにけり大銀杏より花の降り敷く

脱皮して洗濯バサミにみずからの影干すような平面の昼

掛け布団をぱったんぱったん蹴り上げる足が見たくてまた掛けにけり

大き水小さき水も揺らしたるこの新《あら》たさを春風と呼ぶ

（賀茂曲水宴）

神さまの袋から少し洩れ出せる春風にしてやわらかかりき

森村誠一

集団的自衛権行使容認

あの時が、と思わるるべき今に居る　卯の花くたし五月雨の国

なすすべもなく変えられてゆく国に子どもを抱けり女の子なる

男の子たちが戦いに行くことが立ち顕れる影送りのように

日本数学検定協会主催の「数学川柳&俳句&短歌」の選考会で、
作家の森村誠一さんと同席する機会があった

終戦日の未明の熊谷空襲を語りし人の生の声なり

飼い猫の「こぞ」を残して逃げたるを窓の光の中に聞きたり

代々の猫の名前は「こぞ」と聞きそこのみ少し明るみてあり

現首相は〈不朽の汚名〉を残すとぞ森村誠一ほそく立ち居る

学生のデモも起こらぬ五月尽四条河原町しずかなりけり

憲法が解釈次第で動くなら水辺の葦はどこに根を張る

動く杭とは何であろうか

民主主義の数の力がつっぱしる係留杭を引き抜きながら

縫い目

半券を取り置く人と捨つる人記憶はいずれに濃きものならむ

子どものその子どものようにも思わるる一人遊びの後ろ姿は

眠いのに眠れず愚図る夕暮れをわかるよなあと転がしておく

こぐまっぽくなりたる汝に穿かせやる水玉模様のみじかきズボン

幼子がどこまで遠出する夢かわれは知らずも乳飲ませたり

給油してふたたび出航するごとく眠りのなかへ戻りゆきたり

めくれゆく季節に縫い目つけながら一列に咲くウリ科の黄色

タンポポの茎の水車のくるくるを知らぬ人とは話が出来ない

ガブガブとダブダブのいた夏休みホースの口を指でつぶして

水たまり落としゆきたる空のこと見上げなくともわかる気がする

III

閘《こう》門《もん》

閘室に水位上がるを待つ船の、船の気持ちをしばし待ちたり

閘門の開かるるときあなたまで水ひとつづきポプラに沿いて

雨の夜を帰りし猫はさびしがり餌をやれどもなんども鳴けり

肉球という言葉はなにか好きになれず頑なに〈足の裏〉とぞ言える

慣らし保育

なにゆえに工夫《くふう》と工夫《こうふ》は同じなる壁に掛かれる黄のヘルメット

両の手にもの打ちつけて遊びいるすでにひとりの静けさの裡に

こうやって私の迎えを待つだろう私は待たせてしまうのだろう

てのひらはぬくく湿りてわが服をときに思わぬ力に引けり

育児休業は、子の一歳の誕生日の前日まで

休みのうちに休みのうちにと皆が言う平日日中まぼろしの時間

少しでも遠くへゆかむとする種の努力の形のさまざま思う

つるつるのカラスノエンドウ種多し弾けるときに鞘はねじれぬ

何年もネズミの糞と思いしがヤモリの糞とネットに知りぬ

先端に尿酸白きが目印ぞ君だったのか守宮のモリーちゃん

唐突に東京の人は訊ねたり必死のぱっちのぱっちって何？

マーニーの原作玲《れい》より借りてきて慣らし保育を待つ間に読めり

一時間、二時間、半日とのびゆくを私のほうが試されている

一日の時間がすこしずつ戻り空きし両手でキャベツを買えり

はっとして　そうだ預けていたのだと気づくまでの間　晩夏の光

ふりかえりベビーシートに子の居らぬ信号待ちはそらぞらしくて

ノートにはしばらく泣いていましたがりんごのおもちゃで遊びましたと

パラフィン紙

印象の薄かりしゆえ印象に残れる一人パラフィン紙のごとし

黄ばみゆく半透明の紙のこと誰に言わずとも誰も持ちたる

出し入れのたびに縁《へつり》の破るるをそんなものだと函に任せぬ

使い道いろいろとあるパラフィルムは実験台の右隅に置く

パラフィルムの手触り知らぬ人のほうが多からむ　壜の口封じつつ

ホオズキの売らるる晩夏　実の中に補色どうしが滲みあいたり

「酸っぱい物食べたか時は碌なことなか」といつもおばあちゃん言ってたと母

ひよめきのへこみ脈打つやわらかさ怖れつつ見るもうすぐ閉じむ

みどりごと呼ばるる時の短さの二度目の秋に髪そよぎおり

アグリカップ

遠き日のコアセルベート　輪郭をもってしまえば光も曲がる

透明の中に透明を置いたなら界面だけが私だろう

農学部のアグリカップはフットサルの大会のこと馬の名のような

残りたる最後の二人のうち一人帰りしのちに泣き出せると聞く

待つしかない日の暮れわれは泥だんごに砂をまぶしててかてか撫でぬ

これからあの長くて長くて一度きりの子供時代を迎うるあわれ

七歳の頃から私は

家族思いの子にありたれば眠る前正しく座りてお祈りをしつ

三十年続けしあとにひったりと舫い解けゆくごとく途切れぬ

日本語が

川辺さんと川端さんの印象の差異のほどにも昨日と今日は
辺と端のどちらが水に近かろう足を浸して咲ける黄あやめ

２０１５絶滅危惧種カレンダー「アカオオタカ」に始まりにけり

くちばしを尖らせ今日はオオジシギ「軽度懸念」の気楽さに見る

二十日には締め切り五つ重なりぬ歌、歌、文章、選評、資料

日本語が並んでいたらよろしいと母の言葉をにれがむように

エプロンの上に子うさぎ二匹抱く五十二円のうさぎの切手

ローリーの茶碗

腎臓を病む猫多し療法食サンプルの小袋もらいて帰る

あっけなく猫いなくなり猫用の茶碗の水に皺よりてくる

愛し足らざりし思いに竹の葉のさやぎ止まざり　あとであとでと

父はローリ我はローリーと呼びいしがついにシャンプーさせてくれざりき

トム、母、ムー去りてほどなき二階家は空きだらけなりき四年の前の

猫一匹迎え入れたるはなやぎに我らはいつになくはしゃぎいたりき

茶碗だけ白く残れり茶碗しか持たずこの世を渡りてゆきぬ

贖罪、とそんな気持ちに足首を吹かれて立てり大寒を過ぎ

色彩のなき忙しさ湯のなかに擦過傷のごとしみてくるなり

申し訳ありませんが

農学部総合館の中庭に狸が住めるを廊下より見る

球根に土をかぶせるこの子には芽の出る想像まだできなくて

「申し訳ありませんが子の発熱のため」休めるは幾日になるか

多方面に迷惑かけて乗り切りしこの一週間竹も伸びたり

思春期に入りゆく姪がその眉の太さを嘆く小さな顔で

いいじゃない睫毛長いし脚長いし所作のきれいな女の子なり

パロディで会話のつづく楽しさに打てば響きっぱなしのこの子

選手には進まないから中学で新体操はやめると言えり

勝手に育つ庭

ほの湿るお昼寝ぶとん金曜日に抱えて帰るお母さんたち

クレヨンの絵や工作を持ちかえり我が家も子供の居る家になる

この子にも徐々に見えなくなるものがなつかしそうに揺れるのだろう

輪郭をはみ出た人はどこにいるどこにでもいる竹の葉擦れに

三十代悔いはなけれどふさふさのいまだ書かざる物語ひとつ

このしっぽれぞんでーとるなのよって枯れ草色の日にふくらます

着ぐるみのしっぽに入るるるしっぽなく振らず過ぎゆく三十代は

寝る前に出来したたんこぶ午前四時の授乳のときになくなりており

大方は母を踏襲するものと肉あまからく煮詰めておりぬ

ネズミモチの花の匂いと言えばすぐ分かってくれるほどの気安さ

塀越えて勝手に育つ庭が好き生活力ある君のようなり

縄梯子

そこに意味を与えすぎてはいけないと細部は細部のまま受け取りぬ

海口とよばず河口と名づけたるこころは真水に身体与えき

歌作るために深みに降りてゆく縄梯子の途中で時間切れなり

院生も平成生まれが当然となり構内も舗装されたり

キムワイプで鼻をかんではいけないよ　ラボで泣きたいときがあっても

「顕微鏡部屋」カーテンに仕切られて背後の人は何観る人ぞ

人語よりここちよく聞く淡々と闇に光路を切り替うる音

この春の月の光を浴びながら草木のように息を整う

（賀茂曲水宴二首）

おもかげは輪郭あわく春の月うかべるほどになりにけるかな

フラスコに花は挿されぬ卒業の人の残せし赤きガーベラ

寝かしつけ寝てしまう日々　起き出せば夜半の水仙部屋に満ちおり

大田垣蓮月

ひたひたと土こねながらある時は子の耳などを思いしならむ

手びねりの器はまるく湯を満たし湯は人々を温めにけり

シロツメクサ

早春の松山城のお堀の木おそろしきまでヤドリギ宿る

円周率小数点以下二十桁うれしがって覚えし小五なりけり

「ふろく」には何か健気なひびきあり菜の花長けてもう食べられず

若き日はイネ科の草に待たれたる自負ありにけり講義を抜けて

感情が逆流しないためにある弁のようなり中洲の柳

遠くまで行ったのだった子の摘みしシロツメクサの乾く夜の卓

ラベンダー畑

新聞記者辞めて農業始めたる人の店なりふらりと入れば

七月の北海道の真ん中に出会いし瓜の花の天ぷら

黄の花をつけたるままの青瓜の懐かしさにて夏に入りゆく

ラベンダー畑に立てり細胞膜に浮かぶタンパク質の気持ちになりて

一面の花穂を脂質二重層のリン脂質の頭部のようにも思う

歌の神さま

パソコンに向かえば歌の神さまは三日目くらいに屈伸をする

若き日の寡作は螺鈿　感情を削り嵌めこみ磨きあげたり

この人の歌読むときのしんどさは負の感情に鎧える故か

寝返りで横断してゆく子のためにバスタオル長く敷き広げたり

午前二時意外にたしかな足取りに起き出だしくる子を抱き寄する

何も言わずまた寝入りたり安心を白く満たせるものを子とよぶ

二歳にもならず画面をつまんだり流したりする指先なのだ

前髪を三本揺らしわが脇を幾度か通り過ぎたる神よ

大丈夫チャンスとピンチはいくらでも来るとあなたは慰めくれぬ

猫バスの脚は何本？

保育園のにおいとなりし子を乗せてトトロ一緒に歌いて帰る

メイのようにお腹で寝るのが憧れでストローの先嚙みつぶしたり

両手合わせ前につき出し走り来るまっくろくろすけ捕まえたつもり

大きな大きなトトロがうちに来たりけり父がAmazonでクリックしたる

歌いつつ今宮神社に拾いたるトトロのどんぐり洗濯機の底に

緻密ともちがう細部の表現がトトロを走らせトトロを眠らす

猫バスの脚は何本？　即答ができる一人をラボに見つけぬ

手を振りて見送りしのち丁寧に上蓋を下ろしトイレより出る子

トイレの蓋閉めるときには思い出す前田康子の大きな葉っぱの歌を

烏丸丸太町《からすままるたまち》

可愛からむ「カラス丸々太る町」御苑の角の交差点なり

君とゆく糺の森の濃紺に漆黒がさらに羽を拡げる

福岡と京都のハーフ東京育ちの夫のあやしき京都弁なり

居酒屋にきみは「小芋の炊いたん」の「たいたん」が言えず東京の人

すみっこが好きな居眠り猫のよう盆地の隅にわれは落ち着き

川があるそれだけで好きになるように君の寝相をながめていたり

カナヘビが腹あたためる静けさに重心深くこの町に住む

彼岸より早く咲きたる彼岸花　こちらはいつも眺める岸だ

陽水もスピッツも

三十年前被せられ今朝取れし銀歯ひらたくティッシュにくるむ

『動物のお医者さん』の話の出来る人少なくなりてさびしいラボだ

「傘がない」君が歌っていたころのラボにまだガラスのシャーレがありぬ

旋律の都合で歌詞が間延びするところが妙に愛おしかりき

陽水もスピッツもいつも流行に遅れて聞きぬそれが「らしく」て

十五年、もう充分に時は過ぎでもまだ同じ白衣着ている

学生のわれを知るひとり事務室の西村さんが退職する春

ユリの木がまだ本館の一階の高さだったという昔話

草原のルビ

火曜日に届くノンホモ牛乳のふたにクリーム濃き冬の朝

分厚さを身上として牛乳壜百年前も揺られていたり

明るさを思い出したる冬の川　動詞に凝るのはもうやめようか

拗ねるということを覚えて傾いて声かかるのを待っている子よ

女の子のような気がする　遠いむかし豆を剝きつつ母は言いたり

よくあたる第六感に告げられし私の娘、たしかに来たり

右耳を少し切られし雉猫は去勢されたれば喧嘩に弱し

早くから縁側に来て待ちいたり勤勉はかく食に繋がる

母の墓なきゆえ菊の花硬く束ねらるるを買うこともなし

その石は胴体長く鎮もりぬ憶えていてねと寄るための石

干し柿のように灯って待っていて　日々の疲れに色はないから

品字様

午前二時仕事に倦みて雲三つ龍が三つの漢字にはしゃぐ

オオバコの茎をからめて引き合えり子どもに太いほうを持たせて

連載もいつかは終わる　雌日芝の穂を浮かばせて陽がまわりゆく

草原にくさはらと打つルビのようにあなたの傍をやわらかくする

あとがき

『いま二センチ』は、『春の顕微鏡』に続く第五歌集である。二〇一二年から二〇一五年末までの四年間、三十六歳から四十歳の四八八首を収めた。

　コロナ禍に入ってからはテレワークでずいぶん状況が変わったが、当時は夫が東京で働き、週末に京都のマンションに帰って来るという生活を送っていた。夫が東京にいる間は、私は母のいなくなった左京区岩倉の実家で父と過ごし、夫が戻ると上京区の鴨川沿いのマンションに移動する。その週に必要な仕事の資料やパソコン、電源コード、着替えをキャリーバッグに詰め、荷物をもってあちこち動く。落ち着かないと言えば落ち着かないが、それが普段のリズムになっていた。

　そのような中、二〇一三年の年明けに妊娠が分かり、八月の終わりに娘を出産した。待っていた子どもが生まれたことは、やはりとても嬉しく大きなことであった。本歌集は、ちょうどその変化の前後の時期にあたる。

出産後、日中は家に子とふたり、一日をどうしてやり過ごそうかと途方にくれていたのを思い出す。子どもを乳母車に乗せてスーパーに出かけると、知らない人から声をかけてもらえるのがありがたかった。散歩中、立ち話をして庭の水仙の花やレタスをいただいたこともある。

Ⅰ部は妊娠まで、Ⅱ部は出産からの一年間ほど、Ⅲ部は育休が終わって研究に復帰してからの歌になる。結果的に子育ての歌が多くなったが、この時期、特定秘密保護法や集団的自衛権行使容認の閣議決定など、社会的に気になることが多かった。社会詠は、真に自分事として考えられるときに詠みたいと思う。産後しばらくの、生を脅かすものへのあの嫌悪や恐怖は、ありありと本物であったと思う。

マンションには、樹齢何百年かという立派な銀杏の木がある。何度枝を払われても、その都度また勢いよく芽吹いてくる。雄株で、春には停めた車の上に花粉が降り積もり、台風のあとにはフロントガラスに葉が貼りつく。実家の庭にも、大きな欅や椿や桜や柿の木がある。落ち葉は、掃くのも、放置しておくのも好きだ。住む場所に、よい樹がある幸せを思う。

中年とよばれる年代に入り、これからの過ごし方を考えることも多い。人生の時間を逆算して焦って怖くなったり、大丈夫だと鷹揚な気持ちになったりの振れ幅に自分でも驚きながら、四十代を渡っているところである。

歌集の出版にあたり、砂子屋書房の田村雅之氏、装丁の倉本修氏に大変お世話になりました。第一歌集『日輪』でお世話になって以来、二十二年が経ったことになります。今回の再びのご縁を喜び、厚くお礼申し上げます。

二〇二三年一月

永田　紅

歌集　いま二センチ　　塔21世紀叢書第363篇

二〇二三年三月一日初版発行
二〇二四年三月三日三版発行

著　者　永田　紅

発行者　田村雅之

発行所　砂子屋書房
東京都千代田区内神田三―四―七（〒一〇一―〇〇四七）
電話　〇三―三二五六―四七〇八　振替　〇〇一三〇―二―九七六三一
URL http://www.sunagoya.com

組　版　はあどわあく

印　刷　長野印刷商工株式会社

製　本　渋谷文泉閣株式会社